Au moment de l'**heure des histoires**, tandis que l'un regarde les images et l'autre lit le texte, une relation s'enrichit, une personnalité se construit, naturellement, durablement.

Pourquoi ? Parce que la lecture partagée est une expérience irremplaçable, un vrai point de rencontre. Parce qu'elle développe chez nos enfants la capacité à être attentif, à écouter, à regarder, à s'exprimer. Elle élargit leur horizon et accroît leur chance de devenir de bons lecteurs.

Quand ? Tous les jours, le soir, avant de s'endormir, mais aussi à l'heure de la sieste, pendant les voyages, trajets, attentes… La lecture partagée permet de retrouver calme et bonne humeur.

Où ? Là où l'on se sent bien, confortablement installé, écrans éteints… Dans un espace affectif de confiance et en s'assurant, bien sûr, que l'enfant voit parfaitement les illustrations.

Comment ? Avec enthousiasme, sans réticence à lire « encore une fois » un livre favori, en suscitant l'attention de l'enfant par le respect du rythme, des temps forts, de l'intonation.

Traduction d'Yves-Marie Maquet

ISBN : 978-2-07-063228-2
Titre original : *Freunde*
Publié par Middelhauve Verlags GmbH, Munich
© Gertraud Middelhauve Verlag, 1981,
pour le texte et les illustrations
© Éditions Gallimard Jeunesse, 1981,
pour la traduction française,
2010, pour la présente édition
Numéro d'édition : 173737
Loi n° 49-956 du 16 juillet 1949
sur les publications destinées à la jeunesse
Dépôt légal : avril 2010
Imprimé en France par I.M.E.

Helme Heine

Trois amis

GALLIMARD JEUNESSE

François Lecoq réveillait la ferme chaque matin.

Ses amis, Jean Campagnol et le bon gros
William, lui donnaient un coup de main,
car de vrais amis se doivent de s'entraider.
Ensuite, les compères allaient chercher
leur bicyclette derrière la grange
et se lançaient dans le matin.

Rien ne les arrêtait : aucun chemin
qui fût trop caillouteux, aucune pente
trop abrupte, aucun virage trop serré…

Et quel plaisir de faire gicler
les flaques d'eau !

Ils aimaient s'arrêter au bord de l'étang :
on y faisait des ricochets, les galets étaient
lisses et bien plats… Et puis, on y jouait
à cache-cache, interminablement.

Un jour, Jean Campagnol découvrit
un vieux bateau, perdu dans les roseaux.
Ils décidèrent de devenir pirates.

À l'unanimité, car de vrais amis savent
se mettre d'accord avant de prendre
une décision.

Jean Campagnol était à la barre, François Lecoq s'occupait de la voilure et le bon gros William se chargeait de l'étanchéité : bien calé au fond de la coque,

il appliquait ses fesses généreuses
sur toutes les fissures du bois desséché.

Ils se risquèrent au large et, en un seul
jour, conquirent la maîtrise de l'étang.

La faim les rejeta sur le rivage…

Ils essayèrent la pêche. Rien à faire :
les asticots étaient furieux et protestaient
si fort que les poissons se tenaient
à distance.

Ils firent la cueillette des cerises.
Une cerise pour Jean Campagnol,
une cerise pour François Lecoq,
deux cerises pour ce bon gros William…

Et ainsi de suite. Jean Campagnol
trouvait cela fort bien, mais François
Lecoq protesta : selon lui, c'était injuste.
On lui accorda les noyaux.

Ils eurent vite fait de tout manger.
Le gros William dut y aller.
Ses deux amis l'accompagnèrent.
Ce fut sans doute un beau concert.

Déjà les ombres s'allongeaient…

Il était temps de rentrer.

Ce soir-là, ils se jurèrent une amitié
éternelle, derrière le poulailler,
tout près de la citerne.
Ils décidèrent de ne jamais se séparer.

Ils dormiraient tous les trois chez Jean
Campagnol. Mais le projet fut abandonné
lorsque François Lecoq manqua de rester
coincé dans l'entrée.

Et chez William ? Hum, Jean Campagnol
avait l'odorat trop délicat !

Restait le poulailler. Ils se juchèrent
sur le perchoir personnel de François…

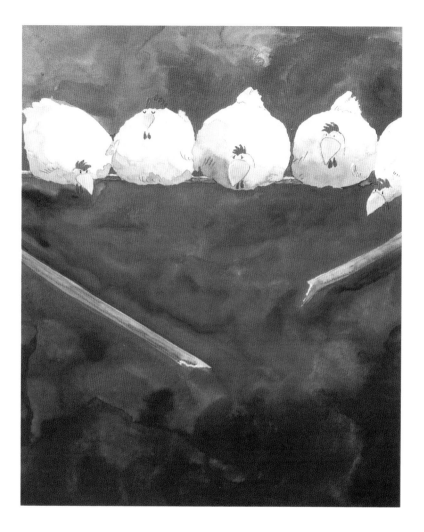

… qui se brisa sous leur poids.
Ils se résignèrent à se souhaiter la bonne
nuit et à regagner chacun son lit.

Mais en rêve ils se retrouvèrent ;

les vrais amis rêvent ainsi.

Dans la même collection

n° 1 *Le vilain gredin*
par Jeanne Willis
et Tony Ross

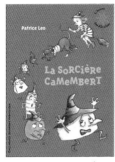

n° 2 *La sorcière Camembert*
par Patrice Leo

n° 3 *L'oiseau qui ne savait pas chanter*
par Satoshi Kitamura

n° 4 *La première fois que je suis née*
par Vincent Cuvellier
et Charles Dutertre

n° 5 *Je veux ma maman !*
par Tony Ross

n° 8 *Une faim de crocodile*
par Pittau et Gervais

n° 9 *2 petites mains et 2 petits pieds*
par Mem Fox
et Helen Oxenbury

n° 11 *Quel vilain rhino !*
par Jeanne Willis
et Tony Ross